Succession de M. BONNET

———

TABLEAUX ANCIENS

CATALOGUE

DE

QUATRE TABLEAUX ANCIENS

AU NOMBRE DESQUELS

Une œuvre importante de J.-B. GREUZE

(JUPITER & DANAÉ)

DONT LA VENTE AURA LIEU

Par suite du décès de M. BONNET

HOTEL DROUOT, SALLE N° 9

Le Mardi 2 Juin 1885, à quatre heures

Par le ministère de Me **PAUL CHEVALLIER**, commissaire-priseur

10, rue de la Grange-Batelière, 10

Assisté de **M. BRAME**, expert

36, rue Taitbout, 36

EXPOSITIONS

PARTICULIÈRE	PUBLIQUE
Le Lundi 1er Juin 1885	*Le Mardi 2 Juin (jour de la vente)*
De 1 heure à 5 heures	De 1 heure à 4 heures

CONDITIONS DE LA VENTE

Elle sera faite au comptant.

Les adjudicataires payeront *cinq pour cent* en sus des enchères.

Paris. — Imp. de l'Art. E. Ménard et J. Augry, 41, rue de la Victoire.

DÉSIGNATION

GREUZE

(JEAN-BAPTISTE)

Né à Tournus en 1725, mort au Louvre en 1805.

1 — *Jupiter et Danaé.*

« Une lumière brillante a pénétré, à travers de légers nuages, dans la tour aux portes d'airain, où, par la plus inutile des précautions, le roi Acris tient sa fille étroitement renfermée ; l'aigle de Jupiter est apparu au même moment. Soulever le linge qui couvrait Danaé mollement étendue sur son lit, dévoiler aux regards du maître des dieux les nouveaux charmes dont il est épris, a été le premier soin du complaisant oiseau. Cependant, à cette apparition soudaine, la belle captive paraît moins effrayée que surprise et doucement émue ; on juge même à son air de langueur que son cœur ne lui présage rien d'alarmant.

« Une vieille gouvernante, instruite du mystère, est placée à la tête du lit de Danaé, et sa main officieuse s'attache aussi à écarter le linge qui couvrait le corps de sa jeune maitresse. On remarque sur un guéridon, à côté du lit, un collier de perles et un miroir.

« Une lumière dorée remplace ici la pluie d'or, et cette licence est ingénieuse ; du reste, quelle beauté de carnation se fait remarquer dans ce tableau ! que le mol abandon de Danaé est bien rendu ! que son corps a de souplesse et que sa pose exprime clairement la pensée que lui suggère la pudeur ! Quoique Greuze ait rarement peint de semblables sujets, on peut dire qu'il a excellé dans celui-ci. Son génie, sa sensibilité exquise le rendaient propre à toutes les scènes qui demandent de l'expression. Son étude particulière avait été celle des passions. »

(Extrait du catalogue de la collection Laperière, avril 1825.)

Toile. Haut., 1 m. 46 cent.; larg., 1 m. 95 cent.

KESSEL (LE HOLLANDAIS)

(JAN VAN)

Amsterdam, 1648-1698.

ET

LINGELBACH

Francfort-sur-le-Mein, 1625-1687.

2 — *La Rentrée de la chasse.*

Sous de grands arbres, auprès d'une ferme, sur le bord d'un chemin, des chasseurs au repos. L'un d'eux accouple des chiens; un autre, sur un cheval bai-brun, sonne de la trompe.

A droite, une mare; à gauche, un chêne brisé. Au second plan, des vaches rentrent à la ferme; un chasseur assis caresse un chien.

Ce tableau, d'une très belle qualité, rappelle tout à fait le faire de Hobbema.

Les figures sont de Lingelbach.

Toile. Haut., 1 m. 15 cent.; larg., 1 m. 70 cent.

MURILLO

(BARTOLOMÉ-ESTEBAN)

Séville, 1618-1682.

3 — *Mariage mystique de sainte Catherine.*

Du côté droit : mariage mystique de sainte Catherine; l'Enfant Jésus, assis sur les genoux de la Vierge, soutenue par des anges, passe l'anneau au doigt de la sainte.

D'autres anges parcourent le ciel.

Du côté gauche, la Vierge fait don à saint Dominique d'un rosaire.

Des anges s'enlèvent aux cieux, tenant une branche de lis.

Tableau d'une très bonne conservation.

Toile. Haut., 1 m. 65 cent.; larg., 3 mètres.

TIZIANO VECELLI, dit LE TITIEN

Pieve-de-Cadore, 1477-1575.

4 — *La Chaste Suzanne.*

Une jeune femme blonde défait son manteau bordé de fourrures ;
surprise, elle se cache le sein de la main gauche.

Très bon tableau du maitre.

Toile. Haut., 1 m. 28 cent.; larg., 95 cent.

---

5 — Sous ce numéro, un grand nombre de catalogues
de ventes publiques avec annotations manus-
crites.

www.ingramcontent.com/pod-product-compliance
Lightning Source LLC
LaVergne TN
LVHW010857180726
843502LV00010B/3929